못가 못가

내 눈에 흙이 들어가기 전에

김진성 시집

징검다리

prologue

시간이 얼마나 흘렀을까
거울 속의 내 모습이 변화함을 느끼고
주위에 모든 것이 변화함을 느꼈다

믿었던 것에 믿지 못할 것을 보았고
믿지 못할 것을 믿게 되었다

어렵게 한 여자를 만났다

고슴도치도 자기 새끼는 예뻐한다 듯이
우린 서로에게 푹 빠져
자아를 잃었다

$1(너) + 1(나) = 1(너)$
$1(너) - 1(나) = 1(너)$
$1(너) \times 1(나) = \infty(무한대)$
$1(너) \div 1(나) = 1(변함없는)$
공식을 실감했다

다투기도 하고
울기도 하고
웃기도 했다

어느 날 그녀가 떠났다

사랑을 하면 젊어진다고 하듯
이별한 후 난 한없이 늙어만 갔다

사고도
행동도

노인이 과거 일을 회상하며 시간을 보내듯
그렇게 길고도 긴 시간이 갔다

반복되는 나의 집착은 다른 사람으로 발전했고
또 다시 시작하려하지만
남자나 여자나 첫사랑을 잊기란 힘든 일이다
사랑하는 사람을 위해
그 사람을 떠나 보낼 줄 알아야 함을 배우고

보고 싶어도 보지 못하고
듣고 싶어도 듣지 못하고
말하고 싶어도 말하지 못하는
고통을 느꼈다

첫 이별 후
난
만남보단 이별에 길들여졌다

그렇게 시간이 갈수록
나의 추억은
할아버지의 담배 연기처럼 길어져만 갔다
나의 기억은
정신병자처럼 과거와 현실을 공존하게 되었다

억지로 벗어나려 하지 않겠다

조금씩 편해지는 지금보다
언젠가 생각날 아픈 과거를
더 사랑할 수 있을 때까지 …

목차

1. 적벽가(이별)

그녀를 위해 준비한
내 마음들을 하나로 묶어
그녀에게 재공략을 시작한다.

갑자기 불화살 하나가 피어 올라오더니,
모든 걸 태워버렸다.

아직 보여주지도 못했는데…

煙(연)

우리는 연을 날렸다
첨엔
잘 날지도 않았고 곧잘 떨어졌다
조금 익숙해지자
하늘 높은 줄 모르고 올라갔다

다른 연이 나타났다
하지만 우리 연은 엉키지도 끊기지도 않고
잘 견디어냈다

그렇게 견고하던
그 연이
거짓말처럼 끊겼다

그녀는 날아간 연만 보고
난 타래에 남은 실들을 보았다
아직 이만큼이나 실이 남았는데…

물가

물가가 오르긴 올랐나 보다
같이 가던 극장 비가 5500원에서 7000원으로
너의 학교까지 가는 차비가 1700원에서 1900원으로
니가 즐겨 먹던 떡볶이가 1000원어치에서 2000원어치로

항상 나만을 바라 볼 것 같던
니 눈이 높아졌으니까…

1004

당신은
하늘에서 내려온 천사였군요

합격자 발표전날 잠 못 이루는 기대와
복권에라도 당첨된 듯한 기쁨과
제대 일을 한 손으로 셀 수 있을 때의 희망과
당신이 내게로 왔을 때 참을 수 없었던 웃음…

당신은
하늘에서 내려온 천사였군요

인간인 나완 영원히 사랑할 수 없는…

이별 순간

내게 5시간만 거슬러 준다면
일 그만하고 그녀 곁에 있을걸

내게 5분만 거슬러 준다면
그녀와 다투지 않았을걸

내게 5초만 거슬러 준다면
그녀의 입을 틀어막고 kiss라도 할걸…

너?

너란 여자는 정말 이상해
잘해주면 귀찮아하고
못해주면 아쉬워하고
가까이 가면 도망가고
멀어지면 붙잡는…

이렇게 양파보다 속을 알 수 없던 넌
그래도 한가진 확실하더라

니가 말한 안녕은
영원한 '안녕' 이라는 거…

말해버릴걸…

집에 들어가는 거 확인하고
잘 들어갔냐고 전화하고

택시 태워보내며
안 외어지는 번호판 외고

그녀가 늦으면 숨어있다 나와
늦어서 미안하다고 하고

친구에게 돈 꿔서 용돈 받았다고
쏜다고 나오라고 하고

추위를 정말 잘 타는 놈이 코트 벗어주며
뭐가 춥냐고 핀잔주고

말해버릴걸
사랑한다고…

이젠

지하철에 자리가 나면
망설임없이 앉을 수 있겠지

그동안 못 본 친구들과
밤을 새며 술 마실 수 있겠지

없는 돈 만들기 위해
친구들 찾아갈 필요 없겠지

아빠 눈치 살피며
전화로 밤샐 일없겠지

복권

정말 사랑할 사람을
만나기란
복권 당첨만큼 어렵다

진정 사랑한 사람과
헤어지기란
복권 당첨보다 어렵다

소용없어

엎질러진 물이라고
이미 강을 건넜다고
주사위가 던져졌다고
화살이 시위를 떠났다고

백날 그렇게 얘기해봐라
그런다고 내가 바뀌나

줄다리기

시간, 약속, 정성들을 놓고
그녀와 나의 줄다리기가 시작됐다

밀고 당기고
압도적으로 그녀가 우세하다

팽팽하게 끌려 다닐 것만 같던 줄이,
그 줄이 느슨해졌다
그녀가 지쳤나보다

곧 그녀는 줄을 놓았고
엉덩방아와 함께 자유가 내게로 왔다

엉치뼈가 나갔나…
난 이전보다 더 자유롭지 못하다

선녀와 나무꾼

내가 널 먼저 구속했고
'잠시만 시간을 갖자'는 소리에
널 믿고 잠시 자유롭게 해 주니
넌 날 떠났지

스토리상으로
두레박이 떨어질 때도 됐는데
왜 아직도 떨어지지 않는지…

색맹

아무리 많은 색이 있어도
그녀의 색을 선명하게 찾을 수 있었는데
이젠 그녀의 색을 찾을 수 없다
눈을 감으면 선명한데…
눈을 뜨면 찾을 수 없다
색맹이 된 건가 ?

반비례

애인을 잃기 전엔
친구의 소중함을 모른다

하지만
애인이 생기면
친구의 소중함은 또 잊혀지기 마련이다

사랑은 용감했다

'사랑은 반드시 깨진다'

이걸 알면서도
불 속으로 뛰어드는
나방보다
더 용감히
몸을 던지는 우린…

사랑은 용감했다

소나기

오랜 가뭄 끝에
널 만났지

넌 내게
갈라진 땅에 내리는 단비였어

신께 감사하고 사랑을 심었지

하나!
그건
소나기였나 봐
벌써 그치고 없는걸…

예방접종

이번이 첨 맞는 것도 아닌데…
어차피 잠시만 참으면 되는걸 아는데…
끝나면 달콤한 사탕이 기다리는 것도 아는데…

이번 열병은
참 오래도 간다

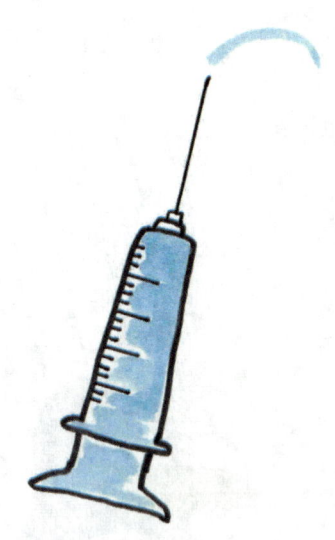

허무개그

내가 널 얼마나 사랑하는데
난 이렇게 항상 널 그리는데
이제 정말 잘해줄 수 있는데
다신 약속 시간 늦지도 않을 거고
절대 한 눈 같은 건 팔지 않을 거고
내 곁에 니가 없다는 건 있을 수 없잖아
너 따라서 교회도 안 빠지고 나갈 거고
미안하단 말보다 고맙다는 말을 많이 할게
힘든 일보단 좋은 일들로 채워줄게
가끔은 교외로 드라이브도 시켜주고
일 때문에 너에게 소홀해지는 일 없을 거야
늦더라도 집엔 꼭 내가 데려다 줄게
항상 처음처럼 널 사랑할게

이래도 정말 날 떠날 거야?

어~그래!

도박

니가 다른 사람의 애인인 걸 알면서도
널 사랑했지

골키퍼 있다고 골 안 들어가나?
내 모든 걸 너에게 걸었지

역시 도박은 도박인 거야
이제와 본전 생각하지만
이미 다 날린 걸…

분명 매일 듣던 소린데… TT

안녕~

지독한 놈 (guest 주언)

사랑하지 말지어다
사랑이 지나간 자리
잊으라고 말하는 내가 우습다

누군가를 사랑하는 일이 그리도 힘든 건지
걸어가다 울고 밥 먹다 울고
이성적이던 놈이 이성이란 찾아 볼 수 없고
술 안 먹던 놈이 취해 있고
방에서 담배 연기만 나도 질겁하던 놈이
줄담배 피고…

이제는 불쌍하지도 측은하지도 않다
다만 지겹다

그놈이 이별 한 건지?
내가 이별 한 건지?

잔인한 4월 (guest 주언)

잘가 잘가
진성이 눈에 흙 들어갔어

요즘 사월이라 황사 불거든

2. 심청가(상처)

그녀가 떠났다.
곁에 있을 때 모든 걸 주었던 그녀가
한순간에 모든 걸 앗아갔다.
난 하루에도 몇 번씩 배 위에 선다.
그녀가 떠나갔을 바다를 바라보면서…

늑대 인간의 전설

옛날 아주 외로운 늑대가 살았답니다.
이 늑댄 다른 늑대와 같이 정착하지 못하고
사냥감을 찾아 이 산 저 산을 다녔답니다.

그러던 어느 날, 저 하늘에 떠 있는 보름달보다
더 아름다운 미소를 가진 소녀를 만나게 되었습니다.
그녀의 보름달 같은 미소 한방에 늑대는 소년이 되고 말았습니다.

소년과 소녀는 서로 사랑했고
그들의 살아온 너무나 다른 방식은 어느덧 같아지고 있었습니다.

하지만 인간의 삶은 사랑만 가지곤 살아갈 수 없었습니다.
소년은 노다지를 찾아 이 산 저 산 다니다
그만 소녀와의 약속들을 잊고 산 속을 헤매게 되었습니다.
소녀는 소년의 마음이 변한 줄 알고 소년을 떠났습니다.

슬픔에 가득 찬 소년은 다시 늑대로 변하려고 했지만
그녀의 미소가 너무 강했기에… 다시 늑대로 변하지 못하고
보름달을 보며 울다 죽었다고 합니다.

그의 저주로 인해 보름달이 뜨면
소년들이 늑대로 변한다는
아주 슬픈 전설입니다.

작은 전쟁

내가 널 만나기 위해
1시간 넘게
교통전쟁을 치러야 했는지 넌 아니?

내가 널 배부르게 하기 위해
1달 넘게
취업전쟁을 치러야 했는지 넌 아니?

내가 너희 부모님 뵙기 위해
1년 넘게
입시전쟁을 치러야 했는지 넌 아니?

이젠
내가 널 잊기 위해
얼마나 긴 전쟁을 치러야 할지 넌 아니?

실어증

들고 싶은데
들리진 않고
가슴만 아파 왔다

말하고 싶은데
말은 안 나오고
눈물만 나왔다

그녀를 보고 싶은데
그녀는 보이지 않고
부모님과 친구들의 걱정스런 모습만 보였다

3주만에 내 입에서 첨 나온 소리
20여 년을 키워준 부모님과
나 때문에 잠 못 이룬 친구들에게
너무 미안한 소리

그녀의 이름

첨부터… 끝까징…

그녀를 잊기 위해
해병대 극기훈련에 참가했다

제대하고 2년만인가 ?
들어가자마자
하나, 우리는 주어진 환경에 만족하며 전우애를 쌓는다
하나, 우리는 교관의 말에 무조건 복종한다

곧
하나에 정신
둘에 통일

내가 진흙인지 땀인지…

이제 끝났다고 번지대에 올라갔는데
교관의 말에 울고 말았다

'사랑하는 사람의 이름을 외치고 뛰어내린다
셋, 둘, 하나~~'

"하나야"
그녀의 이름은 하나다

니들이 더 나빠

아직 못 잊었는데 소개팅 시켜준다고 하고
억지로 나가니 그 애와 비슷한 애 내보내고
정신차리려는데 술 먹자고 하고
술 먹기 싫은데 폭탄주 먹고 잊으라고 하고
잊을 만 하면 괜찮냐고 하고
괜찮다면 정말 괜찮은 줄 알고 지들 앤 얘기하고

니들이 더 나빠

숨은 그림

거리에 나서면
웬 연인들이 그리 많은지

그동안 숨어만 살았나?
보이지 않던 그림들이
왜 그리 많았던 건지?

부처님 손안…

벗어나고 싶었어

버스를 타고 한 시간쯤…
'이젠 됐겠지?'
내리면
그때 그곳이야

잊고 싶었어

정신 없이 술 마시고
'이젠 됐겠지?'
정신차리면
너의 집 앞 공중전화야

니가 부처님이야?
너의 손바닥에서 벗어날 수 없는
난 손오공인가?

링 virus

이 글을 읽은 사람은
일주일 내에
상처받은 사람을 찾아
이 책을 선물하지 않으면…

왜 너만 빠져나가려고 하지?

전쟁과 사랑

전쟁과 사랑은
많은 발전을 주지만
끝나면
끝없는 후회를 준다

세상엔

세상엔
유행가 가사처럼
후회 없는 사랑은 없다

세상엔
만남 없는 이별이 없듯이
이별 없는 만남은 없다

세상엔
양치기 소년만큼도
솔직한 사랑은 없다

더

더 슬퍼지기 전에
더 아파지기 전에
더 힘들어지기 전에
널 지워야 하는데…
아냐
때가 되면 잊겠지

근데
왜
그 때로 다가가면 갈수록
더 멀어지기만 하는지…

외로움

혼자라는 외로움은
이겨내기보다
인정하기가 힘들다

나쁜 놈

빙하가 녹아 지구가 물바다가 된다고 했다
난 그 바다에 눈물을 떨어뜨리고 왔다

산 위에 눈이 녹아 지구가 잠긴다고 했다
난 그 산에 내 뜨거운 마음을 묻고 왔다

오존층이 부서져 지구가 더워진다고 했다
난 그 하늘에 내 추억을 태우고 있다

차라리 그랬다면…

비단결 같은 그녀의 머리카락이
내 목을 조르고

나의 언 맘을 녹였던 그녀의 입술이
냉기를 품고

깊은 호수 같던 그녀의 눈이
불꽃을 띠고

꿈을 깨면 사진 속 그녀는
여전히 아름답다

차라리 그랬다면…

더블 vs 싱글

누구야?
초라한 더블보다
화려한 싱글이 좋다고

그건 솔로들의 정당화지
세상에 화려한 싱글은 없어.

하나도 화려하지 못하네, 뭐.
세상에 믿을 놈 하나 없어.
베스트셀러 작가까지 거짓말을 하다니.

사귀는 사람이 많은 문어씨도 문제지만
사귀는 사람이 없는 붕어씨가 더 문제인 거야.

난
화려한 싱글보다
초라한 더블이 좋다.

박하사탕

분위기 잡고 녹음해 성공했는데
핸드폰 생겨
김새고

e-mail로 사과하려 했는데
수신 거부 생겨
보내지도 못하고

목소리라도 들으려 했는데
발신자 번호 서비스 생겨
걸지도 못하는구나

남들은 다 좋다는데
내겐 왜 이리 잔인한 발전인지…

나 돌아갈래~~

예수, 부처, 그대

예수께선
부자가 천당 가는 건
소가 바늘귀에 들어가는 것보다 어렵다고
가르치셨고

부처께선
죽지 않는 자의 집에서 쌀을 가져오면
영원히 살게 하시겠다고
가르치셨고

그대께선
사랑의 기쁨밖에 모르던 제게
그대를 희생하시며
사랑은 아픈 거라고
가르치셨죠

크리스마스의 악몽

창밖엔 눈이 내리고
아침 메시지로 가득한 핸드폰
내 책상 위에 놓인 카드들
귓가에 들리는 캐럴
행복하게 거리를 누비는 커플들
사랑스런 너의 모습
그 곁에 있는 나 아닌 남자!

내 마지막 거짓말

그럼 잘 지내지. 너도 잘 지내지?

영계

항상 영계만 사귄다고
나보고 '도둑놈'이라고
너흰 모를 꺼다

그 영계에게 받은 상처는
그 영계가 클 때까지 오래 지속된다는 걸…

3. 수궁가(미련)

그렇게 따뜻했던 그녀인데,
곧 웃으며 돌아올 것 같은 그녀인데,
시간이 아무리 지나도 연락조차 없다.

보다 못한 친구는
그녀를 만나게 해준다고 했지만,
곧 돌아와
'시간이 약' 이라고…

가입 신청서

본 제품은 순도 99.9%의 당신을 향한 마음입니다.
본 제품의 특징은 평생동안 연중무휴로
24시간 풀 서비스를 받으실 수 있다는 겁니다.
가끔 삐쳐서 삐거덕대는 것을 제외하면
반영구적이어서 일체의 부대 비용이 들지 않습니다.
필요시에 따른 A/S도 평생 무료이며
가입비만 납입하시면 이 모든 혜택이 당신의 것이 됩니다.
가입비는 당신과 같은 하늘 아래 있는 겁니다.
가입비가 부담스러우시면 평생 무이자 할부도 가능합니다.

가입하시겠습니까?

나와 같다면

가려면 가라지
세상에 여자가
너 하나니?

그래도
너랑 사귈 때
나도 아깝다는 소리
많이 들었다

그동안 너에게
쏟은
시간, 돈, 정성
너무 아깝다

다시 다 내놔

너도 나와 같다면
다 돌려 줄 테니
그때까지만 내 곁에 있어 줘

식물인간

친구들이 그걸
콩깍지라고 했다

그녀의 툭하면 삐지는 성격
그녀의 돌출적인 행동들
그녀의 이기적인 말들…

그녀가 떠난 지금
난
담배 없이 숨쉴 수 없고
술 없이 마실 수 없고
아무 것도 할 수 없다.

그럼 난
식물인간이 된 걸까?

무기징역

신이시여
어찌하여
저에게 이런 형벌을 주십니까?

나랏돈 그렇게 퍼다 쓴
님들께도 주지 않으셨던 형벌을
어찌 저에게 주십니까?

헤어지기 전까지
그 애의 모든 것을
진실로 사랑했는데…

왜 제겐
새 삶을 주지 않으시고
무기징역을 주십니까?

64

깨달음

널 보기 전까진
난 세상에 내 짝이 있는 걸 몰랐어.

널 만나기 전까진
난 기다림도 즐거움이란 걸 몰랐어.

널 알기 전까진
난 사랑은 주는 거란 걸 몰랐어.

널 보내기 전까진
난 사랑은 기다림이란 걸 몰랐어.

밑 빠진 독에 물 붓기

끝나버린 여자에게
쏟는 정성이
밑 빠진 독에 물 붓기라고

누가 알아 ?
내 정성이 갸륵하다고
콩쥐처럼
두꺼비가 도와줄지…

66

너 떠나고 깨달은 건

술자린 피하기만 했던
내가 술을 그렇게 잘 한다는 거

연기도 싫기만 했던
내가 담배 필 수 있다는 거

빠르기만 했던
시간이 정말 느리다는 거

모자라기만 했던
내 용돈이 많았다는 거

막히기만 했던
교통도 이 정도면 살만 하다는 거

헤어질 때도 울지 않던
내게 눈물이 남아있다는 거

매일 잔소리 듣던
전화세가 많이 나오긴 나왔다는 거

널 잡지 못한
나란 놈은 정말 바보 같다는 거

불가능

인간의 몸의
70%가 물이라고?

그럼 너에 대한
나의 뜨거운 불은 왜 꺼지지 않는 거야?

이게 가능한 일이야?

기회

드라마를 못 보면
재방송 보면 되고

영화를 못 보면
video 보면 되고

F받으면
재수강하면 되는데…

떠난 넌
왜 기회를 안 주는데…

영원

한 번 친구는
영원한 친구

한 번 스승은
영원한 스승

근데 왜?

한 번 연인은
영원한 연인이 될 수 없는 거지?

처방

속이 답답하면 소화제
눈물이 계속 나면 안약
열이 심하면 해열제
고통이 심하면 진통제
잠이 안 오면 수면제

그럼 난 뭘 먹어야 하지?

완벽한 프로젝트

운반책 : 정치인 아저씨
  (이유 : 쥐도 새도 모르게 갖다 놓으니까)

제품 : 사과
  (이유 : 대본 상)

일시 : 그녀가 날 스칠 때
  (이유 : 다른 놈이 하면 안되니까)

장소 : 일곱 난쟁이 .. 아니 그녀의 가족 앞
  (이유 : 확실히 도장찍게)

난 오늘도
이런 말도 안 되는 프로젝트 계획중이다

올 크리스마스엔

그 여자는 그 남자를 위해 시계 줄을 샀고
그 남자는 그 여자를 위해 머리핀을 샀다

그녀는 날 위해 '그리움'을 샀고
난 그녀를 위해 '망각'을 샀다

비겁한 나

니 앞에 선 난
항상 용감했는데
지금은 왜 이렇게도
비겁한 건지

번호 없는 문자
의미 심장한 음악만 보내고

난 왜 ?
달력 속의 동그라미들과
내 얘기 같은 가사들을
피할 수 없는 건지

난
정말 비겁해

지구 멸망?

지구가 내일 망한다면
한 그루의 사과나무를 심겠다고?

난
널 기다릴 거야!

왕자병 말기

새 남자가 생겼다고
머리도 좋고
키도 크고
잘 생겼다고

아무리 그래도
나보다 잘났겠어?

그녀가 이런 사람을 만나길…

한번쯤 사랑의 아픔을 아는 사람
헤어진 뒤에도 니 이름을 되뇌이는 사람
니 이름 석자에 웃고 울고 하는 사람
하루의 시작과 끝에 널 두는 사람
좋은 것을 보면 가장 먼저 널 생각하는 사람
니가 슬플 때 말없이 곁에 있어줄 사람
널 그리며 잠 못 드는 사람…

어~ 그럼 난데…

이 글을 본다면…

너는 '왜 이제 와서?' 라고 할거고
친구들은 '아직까지?' 라고 할거고
난 '지금도!' 라고 할걸…

컴퓨터 앞에서…

모니터를 켜니
그녀는 여전히 날 향해 미소짓고

login하려고
그녀의 생일을 되새기고

멜 확인하려고
password에 그녀의 이름을 적고

문서 불러들이니
그녀의 폴더 안이고

이젠 이런 내가 짜증나
delete를 누르지만

놈도 그녀 없이 못사는지
언제나 복원단추가 날 유혹한다.

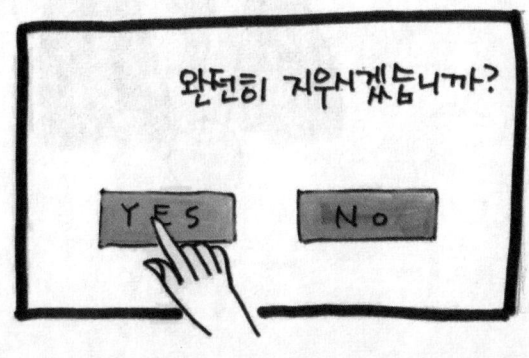

기네스북

여자 친구 없이 하루도 살수 없던 내가
그녀를 그리며 혼자 있다

고 2이후로 한번도 1주 이상
혼자였던 적이 없던 그놈이
또 다른 기록을 세우며
그렇게 살아가고 있다

4. 춘향가(그리움)

이제 잊을 때도 됐는데
아직 지우지 못한 것들이 너무 많아.
다른 사람이 다가와도 맘을 열지 못하는 나…

그리움의 식물

그리움은 식물입니다.
그대가 적셔 주었던 입술을 잊지 못해
그대 향해 두 팔 벌린 식물입니다.
꽃을 피우기엔 너무 이르고
그대로 있으려니 잡초가 되어 뽑힐 줄 모르는 그런 식물입니다.
오직 당신의 사랑만이 이 식물을 키울 수 있습니다.
당신 없이 자라지 못할 거라 믿었던 그 식물이
지금 당신 없는 이곳에 홀로 남아 자라고 있습니다.
사랑의 아픔보단 기쁨으로 채워지길 바라며
길게 늘어진 그늘을 가진 그런 식물입니다.
전 그런 식물입니다.

피노키오

오늘도
내 코가 석자는 길어졌다

행복해야돼
행복해야돼

내 코가
그리움과 키 재기라도 하려나보다

사랑한다

너 아니?
만나서 하는
'사랑한다' 는 말보다
헤어진 후 하는
'사랑한다' 는 말이
더 진실하다는 걸

너에 대한 그리움

너에 대한 그리움은
쌓이는 눈과 같아
쓸어 놓으면 금새 다시 쌓이니까

너에 대한 그리움은
속삭이듯 내리는 가랑비 같아
젖는 줄 모르고 흠뻑 젖으니까

너에 대한 그리움은
노을진 그림자와 같아
잊었다고 생각하면 길게 늘어져 있으니까

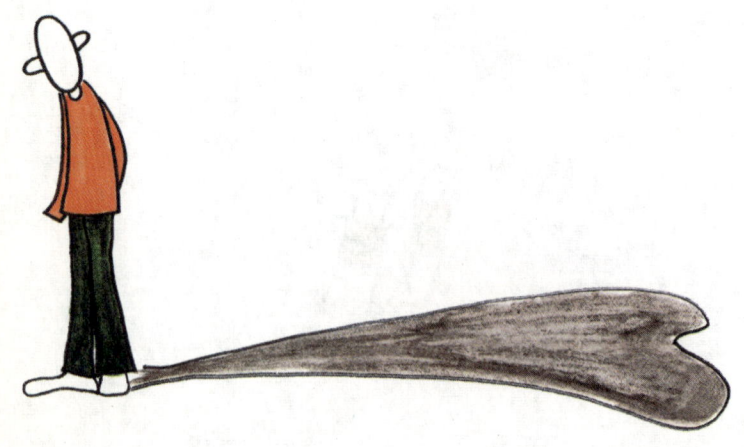

습관

너 있을 때나
너 떠난 후나
잠 못 드는 건 같아

너 있을 때나
너 떠난 후나
니가 그리운 건 같아

너 있을 때나
너 떠난 후나
널 사랑하는 건 같아…

과대망상?

2000년대가 되면
인류는 자원고갈로 멸망한다고
그렇다면 인류는 날 연구해야 한다.
널 향한 마음이면
이미 숯 덩어리인데
아직까지도
타고 있으니까.

익을수록 깊어지는 거

포도주
우정
그리고 너에 대한 그리움

표백제? 표색제!

친구들에게 떠밀려나간 소개팅
다른 사람을 만나다보면 표백제처럼
내 몸에 있는 그녀의 색들이 죽고
내 옛날 색이 살아날 거라고…

고마운 놈들 정말 색이 살아나더라

근데 그건 표백제가 아니고
표색제인가보다…

잊었던 그녀의 색들이
선명하게 살아나더라…

문자(01714400=only you)

언젠가 그대가 찍은 1177155400(i miss you)에
그댈 그리워했고

언젠가 그대가 찍은 1004에
난 넘어갔죠

언젠가 그대가 찍은 0404(영원히 사랑해)에
난 그댈 사랑했고

이젠 그대가 찍은 0127942(영원히 친구사이)에
난 혼자
01714400(only you)을 찍어봅니다

난치병

좋다는 약 다 써보고
좋다는 의사 다 찾아 가봤는데
왜 다들 시간이
해결해 준다고만 하지?

난 이렇게
널 그리다 죽는 걸까?

기념일

생일, 100일, 1년, 1000일 . 크리스마스,
발렌타인 데이, 화이트 데이…
왜 이리도 기념일이 많은 거야

벌써 잊었다고 생각했는데
이젠 지웠다고 생각했는데
카드 위에 너의 이름이 있어

눈에 넣어도 안 아픈⋯Ⅱ

그녀는 아직 내 눈 속에 살고 있다

떠지지 않는 눈을 애써 떠봐도
물안개로 모자라 폭포를 만들어도
그녀는 떠내려가지 않는다

그녀는 이미 내 조직이 되었나보다
들어오는 건 쉬워도 나가는 건 어려운⋯

헤어져도 싸지… 싸

그녀가 내 앞에서 목놓아 울던 날
선배에게 가겠다고 내게 상처 주던 날
나쁜 놈이라고 내게 소리치던 날
마지막까지 집에도 데려다주지 못했던 날

밀어버렸던 내 머리가
어느새 눈을 덮는다
친구들은 어떻게 그렇게 빨리 자라냐고…

그녀를 그린 거 밖에 없는데
내겐 그녀를 그리는 것만으로도
불손한가보다…

헤어져도 싸다… 싸

십일장생

해 · 산 · 물 · 돌 · 구름 · 솔 · 불로초 · 거북 · 학 · 사슴…
그리고 내 안의 그녀

애벌레와 송충이

아무도 쳐다보지 않던
애벌레 때부터
난 당신을 느꼈죠

우린 함께 했죠
다투기도 웃기도 울기도
항상 함께 했죠

시간이 흘러
그댄 번데기가 되었죠

이제 곧 그대는 아름다운
나비가 되겠네요

전 기다렸지만
껍질만 남겨놓고
그댄 날아가 버렸죠

그녀는…

그녀는 두 눈이 있었고
그녀는 두 귀가 있었다
그녀는 하나의 입이 있었고
그녀는 하나의 코가 있었다
그녀는 두 팔과 두 다리가 있었고
그녀는 두 손과 두 발이 있었다

그녀는 아름다웠다

그와 그녀가 남긴 건···

호랑이는 떠나며 가죽을 남기고
사람은 떠나며 이름 석자를 남긴다고 했다

나는
그녀를 떠나며 '여운'을 남겼고

그녀는
날 떠나며 '안녕'이란 두 글자를 남겼다.

옆구리

그녀는
내 옆구리 잡는 걸 좋아했다

볼품없고 약간 처진
그곳이 뭐가 그리 좋은지
잡으면 떨어지지 않았다

그녀가 떠난 지금
난 술과 담배로 채우고 있다

아직도 허전한 거 보면
더 채워야 하나보다

이별살이

보고 싶은 너의 모습을 위해
장님 3년

듣고 싶은 너의 목소릴 위해
귀머거리 3년

말하고 싶은 너의 애길 위해
벙어리 3년

너와 헤어지려면
이렇게 해야겠지?

5. 흥부가(추억)

그녀가 물어다 준 행복들…
그녀가 벌써 놓았을 톱을 오늘도 난 혼자 켜본다.

너에 대한 독백

이젠 널 잊어야 하기에
너와의 추억이 담긴 것들을
정리하려 해

우리 일도 많았고
웃기도 울기도 많이 했더라

많지는 않지만 극장도 갔었고
수업 빼먹고 놀기도 많이 놀러 다녔더라

몇 번을 헤어지자고 했던 일들
이젠 웃음만 나와

다이어리를 펴 보았어
그땐 왜 그런 사소한 일에 널 힘들게 했는지
유치하게 다투곤 했는지
다 해줄 수 있는 일들인데…

'젊은 날에 추억' 같은
소린 하기 싫어
그저 솔직히 사랑했기에
넌 내게 소중한 사람이야.

이젠
널 놓아줄게
그동안
미안하고 고맙기만 하다

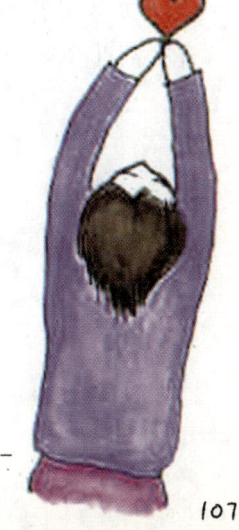

-오빠가-

107

LOVE

그녀를 함께 할 때
Lovely
Oasis
Verity
Event
'사랑스런 오아시스 같은 다양한 이벤트'
속에 내가 있었고

그녀가 떠난 후
Lonely
Only
Virus
Evening
'외롭고 혼자인 바이러스가 침투한 밤'
속에 내가 있다

신데렐라

통화료가 걱정돼
늘 아쉽기만 했던 우리에게
커플요정이 나타났다

12시가 넘어서
둘이 함께라면
무료라고…

가난한 우리는 밤새 데이트를 즐겼고
12시를 그리는 커플이 되었다

그녀가 떠난 후
12시만 되면 내 전화기는
호박이 됐는지 울리지 않는다…

사랑＝돌

사랑이 뭐냐고 내게 물으면
사랑은
돌이라고 할래

서로 부딪혀
모진 구석을 깎아 내고
서로 다듬어주고
때론 불도 내고
서로 비슷한 모습이 되고

너무 단단해서
절대 깨지지 않을 거 같지만
한순간 깨져버리는
사랑은 돌이야.

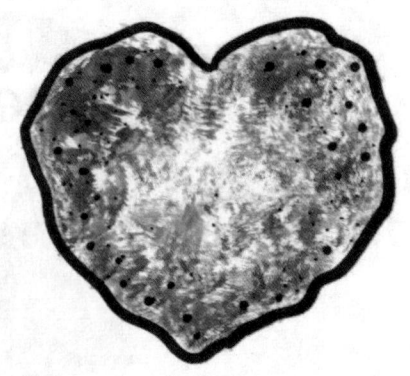

episode i

일기예보에선 비 온다고 하기에
맨손으로 널 만나러 나갔지

하늘도 무심하지
비는커녕 구름 한 점도 없네

바래다 주려고 떠나는데
빗방울이 떨어지는 거야

'어! 오빠도 안 가지고 왔어?'

앗싸

그녀가 즐겨 쓰는 말이다
신호등이 때마침 켜질 때
셤에 찍은 문제가 나왔을 때
내가 대꾸 못하게 됐을 때
가고 싶은 곳에 갈 때
먹고 싶은 거 사줄 때

언제부턴가
그녀의 그 소리가 들리지 않기 시작했다

그녀와 고스톱이라도 칠걸
앗! 싸 ㅅㅅ 다

가로등

널 데려다 주던 골목
난 취했는지
이곳에 있어

세상이 아무리 빨리
변한다지만
변한 게 없더라

너의 떨렸던 속삭임
헤어지기가 아쉬워
몇 번을 돌아보던 우리 모습

참!
변한 게 있더라

가로등 불이 왜 그리
어두워졌는지…

너와 함께 있을 때
어른들 보시라고
방해했던 그놈이…

너 떠난 후
추한 모습 감추라고
날 도와주고 있다니…

수수께끼

주민번호도 못 외던
내가
니 전화번호는 왜 그리
빨리 익히는지

항상 짠돌이던
내가
니 앞에선 왜 그리
갑부가 되는지

약속에 묻혀 살던
내가
니 곁에선 왜 그리
백수가 되는지

척

바쁜 척
잘난 척
아는 척
했었지…

여유 있는 척
못난 척
모르는 척
할걸…

대여

"낼모레 오빠가 설을 간다는데…
제가 특별히 울 오빠 주말에 빌려 드리는 거니까…
잼 있게 노시구여…
새로운 분들 많이많이 가세여…
제가 오빠 빌려드리는 일이 흔한 일만은 아니랍니다.
아무에게나 안 빌려 드리니까여… *^^*"

이렇게 말했던 그녀가
이젠 반납도 연체료도 받아주지 않는다

25살의 거짓말

첫 번째 사랑한다는 말을 하기 위해
20년을 기다렸고

두 번째 사랑한다는 말을 하기 위해
1년을 기다렸어.

세 번째 사랑한다는 말을 하기 위해
100일을 기다렸고

너에게 사랑한다는 말을 하기 위해
25년을 기다렸어

이상형

키가 크기보다 작아도
몸이 잘 빠지기보다 절구통이라도
얼굴이 작기보다 큰 바위 얼굴이라도
절세 미인이기보다 절세 추녀라도
이젠 괜찮아
항상 내 곁에서 나만 바라볼 수 있다면…

내 눈이 낮다고?
이보다 좋은 이상형이 있냐?

타임머신

내 나이 25
늙는 줄 모르고
앞만 보고
뛰어왔어

짧은 내 인생 속에
난 타임머신을 발견했어

너와 다투면
시간이 더디고
너와 함께 하면
시간이 빠르다는 거

그리고
니가 떠난 후
시간이 멈췄다는 거

첨 그녀 집에 간 날‥

그냥 저녁인데‥
알람도 없이 일찍 일어나 목욕 가서
너무 밀었는지 새빨개져서 나와
미장원 가서
'누나 저 오늘 장인·장모 만나러 가요'
염색 없애고 다듬기를 수 차례 결국
고딩 때도 안 하던 스포츠 머리되고
시내 나가서 옷 사고, 구두 사고
두고 나올 시간 없어 결국 한 짐 들고
설마 발 냄새날까봐
아파트 앞 화장실에서 양말 갈아
분명 아파트 입구까지 갔는데

그 이후 술 먹고도 끊겨 본적 없는
필름이 끊겼다‥

뫼비우스의 띠

사람은 각자의 원이 있는데
그 원이 떨어져 있으면 남이 되고
그 원이 겹쳐지면 친구가 되고
그 원이 하나가 되면 연인이 된다고 한다

우연치곤 너무 잘 맞았다
동시에 전화를 걸어 통화중이고
수업 빼먹고 그녀 학교에 가면
그녀는 우리 학교에 와 있고
자취방에 김치가 떨어지면
어떻게 알았는지
집에서 김치 훔쳐 힘들게 걸어오는
그녀가 보였다

그녀는 보기 좋게 원을 잘라버렸다
보기 좋게 두 개의 원으로….

분명히 원래대로 두 개의 원이 되었는데
우린 항상 엇갈리고 있다
그녀가 타고 갔을 버스 정류장에
내가 서 있고
그녀가 지나갔을 그 길에
오늘도 내가 걷고 있다

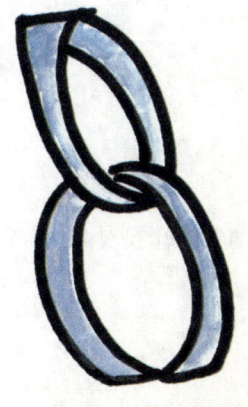

옛날엔 그렇게 잘 마주쳤던 우리인데
이젠 우연히도 마주치지 못하고
오늘도 쳇바퀴를 돌고 있다

거짓말들…

친구들

잘 어울려
니 주제에 어떻게…
너희 인연인가보다

　　　첨부터 아니었어
　　　니가 아까웠어
　　　너흰 인연이 아니었어

그녀

오빠 밖에 없어
오빠의 하나뿐인…
사랑해

　　　더 중요한 게 생겼어
　　　난 나야. 난 구속되는 게 싫어
　　　싫어 싫어. 이젠 지긋지긋해

나

너 없인 못살아. 알지?
　　　여전히 숨쉬고 잘(?) 살고 있는 나

눈에 넣어도 안 아픈… I

그녀가 한눈에 들어왔다

알 수 없는 끝없던 웃음으로
단추 구멍보다 작아진 내 눈 속에
아무런 고통도 소리도 없이
그녀가 쏙 들어왔다…

忍(인)·愛(애)

'참을 인(忍)' 세 번이면
무엇이든 참을 수 있다고 했다.
살인도 면한다고

'사랑 애(愛)' 세 번이면
무엇이든 사랑할 수 있다
떠난 그대까지도

꽃 지는 나이

그녀는 꽃 피는 나이
나는 꽃 지는 나이

그녀가 항상 날 보며 하던 말

이제
그녀도 꽃 지는 나이
나는 지는 꽃 바라볼 수조차 없는 나이

- 외전 -

학창시절

교복에 코트만 걸쳐도
니 모습은 멋있었고

긴 생머리만 풀어도
넌 아름다웠어

학교 식당 떡볶이로도
우린 배불렀고

체면 차리느라 먹고 싶은
햄버거 못 먹지도 않았어

열쇠고리 같은 선물에도
가슴 설레었고
부모님의 구박 속에서도
둘만은 행복했어

그래도
이 학창시절에서
가장 좋았던 게 뭔지
넌 아니?

난 너만을
넌 나만을
바라볼 수 있었다는 거야

헤어스타일

'서태지'가 좋다고 해서
단발이 되니
가시내 같다고

'브레드 피트'가 좋다고 해서
염색했더니
날라리 같다고

이제 '레옹'이 좋다고 해서
밀었더니
고슴도치 같다고

다음엔 '율브리너'니?
뭐… 문어 같다고…

변명

난 니가 키가 작아서 좋아
내 작은 키로도
너의 어깨에 손을 올릴 수 있으니까

난 니가 웃음이 헤퍼서 좋아
나의 썰렁한 농담도
잔주름 지는 거 모르고 웃어주니까

난 니가 잘 먹어서 좋아
내가 곱빼기 시킬 때
눈치 안보고 같이 먹을 수 있으니까

난 니가 좋아!

부모님께

내 가장 친한 친구이자 원수(?)
내 강력한 지원자이자 반대자
가장 사랑하지만 미워하기 쉽고
가장 존경하지만 대들기 쉽고
받은 건 많지만 반도 돌려드리지 못하는 관계
누가 누굴 선택했다기보다
무조건 감사한 관계
내가 하나 때문에 미친 짓 했을 때
욕은 하셨지만 속으로 나보다 더 우셨을 분
이제 말할래요

"아빠, 엄마 사랑해요"

special thanks

항상 감사하는 하나님
말이 필요없는 부모님과 진일이
존재의 이유였던 the one
그리고
부산 119 구조대 아저씨들

very thanks

날 제일 잘 이해해주는 진우(좋은 놈)
내 이성관의 획을 그어준 진국(잘 생긴 놈)
가장 힘든 시기에 구원자 주언(고마운 놈)
나 때문에 피해만 보는 상준(착한 놈)
친구란 이런 거다. 성한(멋진 놈)
언제나 웃을 수 있게 해주는 요술램프 지니(진희)
친형과 다름없는 윤기형
영원히 풀지 못할 맞수 선화
고맙다는 말로는 부족한 동생 기정
대전에서 늘 먹여 살려 주시는 '파리바게트 복수점' 고모부 · 고모
안 나오는 음 만들어 주시느라 고생하시는 성악가 박원숙 교수님
고집스런 저에게 좋은 곡 주시는 작곡가 형석형

thanks

SBS에 조석보 이사님, 강기웅 과장님, 윤군(상현)
삼웅 프로덕션에 임평순 감독님
하늘 기획에 인욱형, 성호형
징검다리의 사장님과 신제찬 실장님
김춘식 · 이은우 · 이면지(이승선)교수님, 조영민 선생님
태형, 정훈, 재희, 진석, 재환, 원식, 동규, 민우,
충무, 현서, 찬희, 현종, 서구, 재영, 상훈, 상용형,
승준, 종범, 혜림, 윤경, 현희, 수진, 정은, 은미,
지숙, 은옥, 혜숙, 은영, 형경…. etc

못가 못가 내 눈에 흙이 들어가기 전에

초판 1쇄 인쇄 · 2001년 5월 17일
초판 1쇄 발행 · 2001년 5월 19일

지은이 · 김진성
펴낸이 · 박대용
편집 · 임혜란, 홍상미
펴낸 곳 · 도서출판 징검다리
표지 및 본문 디자인 · 편집회사 금하 Tel. 337-6765

인쇄 · 계성인쇄(대표 최성근) T.704-7014
제본 · 민중문화사(대표 안길웅) T.336-4894
출판등록 · 1998년 4월 3일(제10-1574)

주소 · 121-220 서울시 마포구 합정동 426-1
Tel. (02)3143-1966 / 332-3880 · Fax. (02)3143-2757
ISBN 89-88246-31-4-03810

※ 잘못 만들어진 책은 교환해 드립니다.